José Moselli

La Cité du gouffre

Texte et illustration de couverture : © domaine public
Edition : Culturea (Hérault, 34)
Contact : infos@culturea.fr
Retrouvez notre catalogue sur http://culturea.fr
Imprimé en Allemagne par Books on Demand
Design typographique : Derek Murphy
Layout : Reedsy (https://reedsy.com/)

Dépôt légal : janvier 2023

ISBN : 9791041919161

Table des matières

Il existe de nombreux cas, contrôlés, d'hallucinations collectives. Mais tout fait croire que ce qui s'est passé à bord du cargo-boat *Ariadne,* de Bordeaux, est réel.

Le capitaine Mercier, commandant ce navire, est un homme calme, pondéré, connu pour son sang-froid. Le lieutenant Mauris a été reçu capitaine au long cours le premier de sa promotion. Le chef mécanicien de l'*Ariadne*, Gérard Fouque, est un quinquagénaire placide ; le second capitaine, Jacques Michel, est connu pour certains travaux astronomiques qui lui ont valu les honneurs d'une communication à l'Académie des sciences.

Tous sont d'accord ; ils ont vu. Ils ont entendu. Et, au reste, le livre de bord, le rapport de mer du capitaine Mercier, signé par deux hommes de l'équipage, attestent qu'il s'agit d'un fait réel, indiscutable – mais que personne ne croira.

Il était cinq heures du soir. L'*Ariadne*, un cargo chargé de six mille tonnes de riz embarquées à Saigon à destination de Nantes, naviguait dans le golfe d'Aden, lorsque, deux heures après avoir doublé le sinistre cap Guardafui, où tant de navires ont trouvé leur perte, le lieutenant Mauris, qui était de quart, fit prévenir le capitaine Mercier qu'il venait d'apercevoir une mine flottante !

Une mine flottante, dans le golfe d'Aden ?

Le capitaine Mercier crut que son subordonné avait mal vu. Il le rejoignit sur la passerelle, et distingua, dans l'ouest, juste sur la route que suivait son bâtiment, une sphère rougeâtre qui se balançait sur les flots clapoteux.

Une mine, ou bien quelque bouée de port partie à la dérive ?

Le capitaine Mercier approcha son navire de l'étrange engin et constata qu'il s'agissait apparemment d'une mine flottante, d'une vieille mine dont les *cornes*[1] étaient, pour la plupart, brisées, et qui devait sa couleur rouge à la rouille qui en rongeait les parois.

Comment n'avait-elle pas coulé ? Mystère !

Quoi qu'il en fût, elle constituait un terrible danger pour la navigation.

Le capitaine Mercier, avec cet altruisme des marins, ordonna au lieutenant Mauris d'essayer de couler l'engin à coups de fusil.

Mauris, un Parisien de vingt-cinq ans, frais émoulu de l'École d'hydrographie, était un bon tireur. Profitant de ce que l'*Ariadne* était à peine à cent cinquante mètres de la mystérieuse sphère, il lui envoya, coup sur coup, sans un raté, plusieurs projectiles.

Quatre en tout.

À l'étonnement de tous, les trois premiers s'écrasèrent sur l'engin, d'où jaillit, sous le choc, une poussière de débris blan-

---

[1] Petites saillies qui contiennent les détonateurs.

châtres. La bouée ou mine n'était-elle donc pas en fonte ? De loin, on eût dit du plâtre !

La quatrième balle produisit un effet encore plus inattendu : un claquement sec s'entendit, comparable à celui d'une marmite qui éclate, et la bouée, ou quelle qu'elle fût, vola en éclats, *mais sans exploser !*

Et des cris, poussés par les matelots de l'Ariadne massés sur le gaillard pour mieux assister à l'opération, retentirent : *la bouée était creuse et contenait un être humain...*

Tout le monde avait pu le voir, pendant une brève seconde : un être vêtu de haillons, qui avait porté les mains à son crâne ensanglanté. Et la mer, aussitôt, s'était refermée sur lui et sur les débris de l'étrange sphère...

– Le youyou à la mer ! ordonna le capitaine Mercier, en même temps qu'il transmettait à la machine l'ordre de stopper, puis de battre en arrière.

Jamais manœuvre ne fut plus rapidement exécutée !

En moins de deux minutes, le youyou, monté par le second capitaine de L'*Ariadne*, Jacques Michel, et quatre robustes matelots, fut amené, avant même que le cargo eût complètement stoppé, et vogua dans la direction approximative où avaient disparu les débris de la sphère rouge et l'homme qui était dedans.

Un léger remous, ourlé d'une dentelle d'écume, en indiquait encore l'emplacement.

– Là ! Là ! crièrent les matelots restés à bord de *L'Ariadne*, et qui, plus haut perchés que ceux du youyou, avaient un champ de vision plus ample.

» Sur votre gauche !... Comme ça !

La légère embarcation, enlevée par ses rameurs, fendait les flots clapoteux comme si elle eût disputé une course. À l'arrière, debout, manœuvrant la barre avec ses chevilles, Jacques Michel la dirigeait sur un point noir qu'il venait d'apercevoir, pour le perdre de vue aussitôt : la tête de l'inconnu, sans doute...

Il ne s'était pas trompé.

Presque aussitôt, l'homme émergea encore, se débattant convulsivement. Il allait redisparaître – et pour toujours ! – lorsqu'un des matelots du youyou réussit à le saisir par les cheveux.

L'homme, qui était inconscient, voulut se débattre. Le mathurin[2], d'un brutal coup de poing en pleine face, le calma, et, aidé de ses camarades, le souleva et le déposa dans l'embarcation.

L'infortuné était revêtu de haillons qui semblaient corrodés par quelque acide. Son pantalon et sa chemise, ses seuls vêtements, étaient en loques et avaient perdu toute couleur précise. Leur teinte allait du noir au gris, en passant par le vert sombre et le rouge brun.

L'inconnu était couvert d'ecchymoses ; des croûtes de sang noir adhéraient à ses oreilles, à ses yeux, aux commissures de ses lèvres : le bain qu'il venait de prendre n'avait pas eu le temps de les décoller.

Le second capitaine de l'*Ariadne*, écartant les matelots, se pencha sur le mystérieux individu :

---

[2] Mathurin : terme d'argot maritime désignant un *matelot. (Note du correcteur – ELG.)*

– Il vit ! dit-il. C'est le principal ! Étendez-le à l'arrière... là ! Aidez-moi ! Très bien ! Et, maintenant, à vos avirons, tous, et nage à bord !

Très excités, les marins obéirent.

Jacques Michel, qui s'était rassis à côté du corps inerte du bizarre naufragé, dirigea le youyou vers l'*Ariadne*, distant d'environ un demi-mille, un petit kilomètre, lequel fut franchi par l'embarcation à une vitesse de record.

Le canot se rangea sous l'échelle de coupée du cargo, qui, entre-temps, avait été amenée.

Le capitaine Mercier, le chef mécanicien Fouque, le cuisinier, les chauffeurs et matelots, groupés devant la plate-forme supérieure de l'échelle, attendaient, en échangeant des remarques à mi-voix.

Le lieutenant Mauris, que son service retenait sur la passerelle, regardait, lui aussi...

Porté par deux des hommes du youyou, l'inconnu fut déposé sur le panneau de la cale arrière.

Le capitaine Mercier, qui était un peu médecin (très peu !), se pencha aussitôt sur lui, entrouvrit sa chemise, colla son oreille à sa poitrine, et écouta.

Un silence de mort s'était fait.

– Il vit ! grommela le commandant de l'*Ariadne* en se redressant. Mais son cœur est rudement irrégulier... on dirait un treuil qui manque de pression !

» Monsieur Michel, allez remettre en route, je vous prie, et faites venir de quatre ou cinq degrés au nord de la route indiquée… les courants sont traîtres, ici, et je ne tiens pas à me mettre au plein[3] !

Le second capitaine, à qui s'adressaient ces paroles, grogna un « oui, cap'taine ! » sans conviction et se dirigea vers la passerelle. Il était furieux, car il aurait voulu rester, pour entendre ce que dirait le naufragé…

Le commandant Mercier fit aussitôt transporter l'inconnu dans le petit rouf érigé sur la dunette, qui servait de cabine à l'armateur, lorsque celui-ci voyageait à bord.

L'homme fut étendu sur le lit de cuivre ; le maître d'hôtel nègre, Capron, le déshabilla, lui lava la face et lui passa une chemise propre.

Après quoi, le capitaine Mercier entreprit de le faire revenir à lui.

Ce fut difficile.

Il lui plaça successivement un flacon d'éther, puis un de sels anglais, sous le nez.

Il lui fit couler dans lc gosier quelques gouttes d'un certain tafia acheté à Singapour et plus corrosif que du vitriol. En vain !

Capron, un athlète formidable, le frotta, le massa, le secoua, sans aucun succès.

---

[3] Se mettre au plein : terme de marine signifiant *se mettre sur un haut fond. (Note du correcteur – ELG.)*

L'homme, cependant, n'était pas mort. Son cœur, par moments, semblait arrêté. Mercier ne l'entendait plus. À la seconde suivante, le viscère se remettait à battre avec une violence formidable, qui secouait la poitrine du pauvre hère. Mais le malheureux restait toujours inanimé.

Le capitaine Mercier, un Nantais de vieille souche, ne possédait pas, parmi ses nombreuses qualités, celles de la douceur ni de la sensibilité. Ni celle de la patience non plus.

– Mousse ! appela-t-il. Va me chercher du coton et la bouteille d'esprit-de-vin dans ma cabine !

Le mousse, ainsi interpellé, s'empressa et revint bientôt avec les objets demandés.

Mercier prit une touffe d'ouate, la plaça entre les doigts de la main gauche de l'inconnu, qu'il maintint serrés au moyen d'un brin de fil de caret[4], puis, ayant versé sur l'ouate la valeur d'un demi-verre à liqueur d'esprit-de-vin, il y mit le feu.

L'ouate flamba. La chair des doigts du naufragé grésilla.

L'homme eut un violent sursaut. Il ouvrit les yeux, se dressa sur son séant et lâcha un furieux :

– Tonnerre d'enfer !

– Ah ! il parle ! Ça va ! s'exclama Mercier, qui prit dans sa grosse main les doigts environnés de flammes du malheureux et étouffa le feu.

L'homme tremblait violemment.

---

4 Fil de caret : fils de chanvre noués entre eux ayant de multiples usages (cordages, balais, etc.). *(Note du correcteur – ELG.)*

Bouche ouverte, yeux ronds, sa physionomie exprimant une épouvante sans nom, il regarda autour de lui, comme s'il eût eu peine à se rendre compte de la réalité :

– *J'ai rêvé !* murmura-t-il.

– Rêvé quoi ? questionna Mercier, étonné de ces paroles inattendues.

L'homme ne répondit pas. Ses sourcils froncés, la profonde ride barrant son front révélèrent qu'il réfléchissait intensément.

Mercier en profita pour l'examiner. C'était un individu paraissant une quarantaine d'années. Sa barbe et ses moustaches, qu'il devait raser habituellement, étaient longues d'environ un centimètre. Les cheveux, rares, grisonnaient. Le front était haut, les yeux profondément enfoncés sous l'arcade sourcilière. Le nez, un peu fort, était veiné de rouge. La bouche avait un pli cynique et désabusé. Au demeurant, une physionomie intelligente, mais peu sympathique.

« Toi, mon ami, tu dois aimer le tafia ! » pensa Mercier, qui tendit au mystérieux naufragé le verre d'alcool dont il lui avait déjà fait boire quelques gorgées.

L'homme le regarda, prit le verre, eut une brève hésitation, et, d'un trait, vida le récipient.

– Ça va mieux ? lui demanda Mercier.

L'inconnu, de nouveau, fronça les sourcils :

– Vous êtes Français ? articula-t-il d'une voix rauque.

– Comme vous le dites, mon garçon ! Et vous ? rétorqua rondement le capitaine de l'*Ariadne*. Vous allez nous dire ce que vous faisiez dans cette mine… dans cette bouée ?

– *Quelle bouée ?*

– La boule qui vous servait de coquille ! Le flotteur !

– Le flotteur ?

– Oui, le flotteur ! Une sphère rouge, que nous avons prise pour une mine flottante, et que nous avons démolie à coups de fusil… Vous étiez dedans !

L'homme, de nouveau, ne répondit pas. Un frisson le secoua. Ses yeux nagèrent dans leurs orbites. Il regarda Mercier, puis le second capitaine Jacques Michel qui venait d'entrer, puis le mousse :

– *Alors… je n'ai pas rêvé !* murmura-t-il.

– Rêvé ? dit Mercier. Ah ! ça ! Il faudrait vous expliquer ! Voulez-vous encore un verre de tafia ? Ou bien manger ? Voulez-vous vous reposer ? Quand vous serez mieux, vous vous expliquerez ! Vous êtes ici en sûreté ! Calmez-vous !

L'homme ne répondit pas. Son cœur s'était remis à battre convulsivement, avec une telle violence que les palpitations de l'organe se distinguaient à travers la cage thoracique. Son gosier se contracta, sa pomme d'Adam se souleva, comme s'il avalait sa salive :

– À boire ! dit-il.

Mercier emplit le verre et le lui tendit. Il en avala gloutonnement le contenu. Ses pommettes rougirent. Le pli cynique de sa bouche s'accentua :

– Alors, dit-il, vous m'avez trouvé dans une boule... dans un flotteur ?

– Parfaitement ! précisa Mercier, qui, en quelques phrases, expliqua ce qui s'était passé depuis le moment où le lieutenant Mauris avait aperçu l'engin mystérieux.

L'homme eut un hochement de tête ; il comprima son cœur palpitant et murmura d'une voix entrecoupée :

– Je peux... aussi bien, tout vous dire... Je suis fini !... D'un moment à l'autre, la machine va craquer ! Après tout, cela vaudra mieux ainsi ; on ne meurt qu'une fois, et la vie ne vaut pas la peine qu'on la regrette !

L'inconnu s'interrompit. Il haletait.

– Je m'appelle Philippe Raquier... Ingénieur. Sorti le premier de sa promotion, de... Mais qu'est-ce que cela peut vous faire ?... La vie est une question de chance ou de malheur... Une promenade qui commence à la naissance et finit à la mort : on est heureux lorsqu'on rencontre des circonstances favorables, malheureux dans le cas contraire...

» ... Moi, j'ai d'abord eu de la chance. J'ai fait de bonnes études. Je suis devenu ingénieur. J'aimais la vie large. J'ai sollicité et obtenu une place dans les chemins de fer d'Éthiopie, puis en Amérique du Sud... Mais cela ne vous intéresserait pas.

» Enfin, je me suis mis à boire ! Pourquoi ? Parce que j'aime l'alcool ! Il y en a qui aiment les petits pois, d'autres les huîtres... Il n'y a pas d'explications à cela !

» Mais l'alcool est un terrible associé ! Pour obtenir la légère ivresse que je recherchais, je dus rapidement augmenter les doses... On s'en aperçut, bien que je fisse mon service sans défaillance. Je perdis successivement toutes mes places... des places de plus en plus minimes...

» ... Mais vous vous demandez ce que tout cela a à voir avec mon repêchage ? J'y viens.

» Je vous ai dit que j'avais successivement perdu tous mes emplois. Je finis par trouver, à Glasgow, une place de représentant d'appareils sanitaires. Mais, un jour que j'étais ivre, je me trompai dans une livraison. Enfin, je fus encore sur le pavé.

» Je tombai dans la misère la plus noire. Je couchai à l'asile de nuit... lorsqu'il y avait de la place. Quand on n'a plus de logis, quand on ne possède plus de vêtements présentables, il est impossible de remonter la pente !...

» Pour ne pas périr de misère, je fus heureux de trouver une place de graisseur dans les machines, à bord d'un vapeur anglais... Mais, à Melbourne, je m'enivrai à ma première descente à terre. On me donna mon sac.

» Ce fut une chance ! On construisait une ligne de chemin de fer entre Saint Kilda et Buxton, dans une plaine infestée de malaria. Les ingénieurs mouraient les uns après les autres. Et on ne leur trouvait pas de remplaçants. Je montrai mes diplômes. Je fus engagé à cinquante livres par mois. Une aubaine !

» Je gardai mes fonctions sept mois, jusqu'au moment où un Syrien vint installer sa cantine le long du tracé de la ligne. Il vendait un whisky infâme, qui empoisonnait les travailleurs.

Mais, à moi, il me procura du cognac authentique, comme je n'en avais pas bu depuis des mois.

» Je fermai les yeux sur son trafic. Et je contentai ma passion pour l'alcool. Un inspecteur de la compagnie passa. J'étais ivre. Je fus renvoyé à Melbourne, où je me retrouvai sur le pavé avec trois cents livres en poche et une notoriété qui m'interdisait de chercher un autre poste dans toute l'Australie.

Philippe Raquier s'interrompit. Sa voix s'était affaiblie et enrouée davantage. Par moments, son cœur sautait dans sa poitrine. Son visage s'était durci, indiquant l'effroyable effort de volonté qu'il s'imposait pour parler encore.

Il poursuivit :

– Dans un bar de Pitt Street, je rencontrai un Irlandais, James O'Baldy, ivrogne comme moi, et que j'avais connu pendant que je faisais la queue devant l'asile de nuit de Glasgow... Nous bûmes. Nous causâmes. Pour être bref, je vous dirai qu'O'Baldy me raconta qu'il était garçon, garçon du *purser*[5] du paquebot anglais *Thames*, lequel partait le lendemain pour l'Europe.

» Nous nous connaissions bien, O'Baldy et moi. C'est pourquoi il me confia sans hésiter ses regrets : le *Thames* emportait à son bord plusieurs caissettes de rubis et d'opales, pour plus de deux cent mille livres sterling !

» Ces pierres précieuses avaient été embarquées secrètement la veille, et enfermées dans la chambre forte du *Thames*, un réduit aux parois blindées dans lequel on ne pouvait entrer qu'en passant par la chambre du *purser*.

---

[5] Commissaire.

» Deux cent mille livres de pierreries ! O'Baldy, à cette pensée, pâlissait. S'il avait eu un associé, un homme sûr, il se disait certain de s'emparer de cette fortune... Mais il lui fallait un aide, un aide pouvant, au besoin, fracturer la porte de la chambre forte...

» ... Je peux aussi bien vous dire, messieurs, que, pendant mon séjour de misère en Angleterre, j'avais, avec O'Baldy, opéré quelques misérables cambriolages... qui ne m'avaient rapporté que très peu...

» J'entendis ce que voulait me dire O'Baldy. L'affaire me parut intéressante. Par quelques questions, auxquelles l'Irlandais répondit nettement, je me rendis compte que le vol était faisable et que je pourrais facilement cacher le butin... Pour cela, il fallait que je m'embarquasse sur le *Thames*.

» C'est ce que je fis.

» Je renouvelai ma garde-robe, achetai quelques outils indispensables : pince-monseigneur en acier au manganèse, rossignols, fausses clés, et jusqu'à un petit chalumeau oxhydrique, et pris un billet de première classe pour Suez. C'était à Suez qu'il m'avait paru le plus facile de débarquer et de disparaître, une fois le coup fait.

» Le *Thames* partit... Il me restait deux livres sterling et quatre shillings en poche. Les deux livres sterling me servirent à conquérir l'estime de mon garçon de cabine, à qui je les donnai en arrivant à bord.

» Mauvaise traversée. Depuis Melbourne jusqu'à Colombo, le temps demeura exécrable. Entre Colombo et Aden, la mousson de sud-ouest continua à nous secouer pendant trois jours, puis s'apaisa. Les passagers, pour la première fois de la traversée, se montrèrent à table au complet... Le *purser*, d'accord avec le commandant du *Thames*, décida que le moment était venu de donner la fête traditionnelle de chaque voyage, au bénéfice des veuves des marins de la compagnie.

» O'Baldy et moi n'attendions que cela !

» Le *purser* allait être très occupé pendant toute la fête. Nous en profiterions pour « travailler » !

» Elle eut lieu, la fête, l'avant-veille de l'arrivée à Aden.

» À onze heures du soir, O'Baldy m'introduisit dans la cabine du *purser*. Sur le pont, un orchestre de bigophones et de mirlitons, accompagnés d'accordéons, faisait rage. Je crois que l'on était en train de danser une gigue…

» Au côté d'O'Baldy, je traversai le petit bureau du *purser*, puis sa cabine, et arrivai devant une étroite porte de tôle, qui donnait dans la chambre forte.

» O'Baldy ouvrit une des armoires de la cabine du *purser* : je devais m'y cacher, au cas où le *purser*, pour une cause ou l'autre, fût revenu dans sa cabine. O'Baldy alla prendre la faction dans la coursive, à quelque distance de la porte de la cabine du *purser* ; il devait m'avertir en laissant tomber un sucrier, qu'il tenait à la main, si le *purser* apparaissait.

» La porte de la chambre forte était munie de trois serrures de sûreté. Je n'eus besoin d'en forcer qu'une. Ayant compris leur mécanisme, j'ouvris facilement les deux autres.

» J'attirai le battant à moi, appuyai sur le bouton d'une petite torche électrique dont je m'étais muni, et pénétrai dans la chambre forte.

» C'était un réduit cubique, de deux mètres cinquante de côté, et dont les parois supportaient des planchettes de tôle. Elle formait en quelque sorte le prolongement de la cabine du commissaire. Ses cloisons avaient été blindées au moyen d'épaisses plaques de tôle d'acier maintenues par des arcs-boutants rivés aux barrots[6] ; une solide croix de fer en défendait le hublot.

» Devant moi, sur les rayons, j'aperçus de petites boîtes de bois épais dont les côtés étaient scellés de larges cachets de cire rouge : elles étaient au nombre de treize, grandes chacune comme une boîte à dominos, et voisinaient avec des écrins, des cassettes confiés au *purser* par des passagers prudents.

» J'allongeai la main vers les boîtes.

» Derrière moi, j'entendis un bruit sec. C'était la porte qui venait de se refermer ! Je voulus l'ouvrir : j'entendis frapper deux coups contre le panneau : du moins, je crus entendre… Je devinai – je ne saurai jamais si je me suis trompé ! – que c'était O'Baldy qui avait refermé la porte en voyant arriver le *purser*… Mais, après tout, cela venait peut-être d'un fort coup de roulis, que j'avais parfaitement ressenti.

» Quoi qu'il en fût, je frissonnai… Représentez-vous ma situation : je risquais les travaux forcés, le *hard labour*, à perpétuité…

Philippe Raquier s'interrompit :

– À boire ! dit-il.

---

[6] Barrot : (nom masculin, venant de barre) poutre transversale à l'axe longitudinal d'un navire, soutenant les ponts, et relié aux membrures de la coque (synonyme : *bau* [plur. Baux]). *(Note du correcteur – ELG.)*

Le capitaine Mercier lui versa un verre plein de tafia. Il l'assécha d'une haleine :

– J'essayai d'envisager ma situation avec calme, oui, lorsqu'un formidable choc me fit rouler sur les tôles du parquet.

» Après quelques instants, car la commotion m'avait étourdi, j'essayai de me relever, *et je sentis que le plancher décrivait un angle de plus de quarante-cinq degrés avec l'horizontale !*... Le *Thames* était presque chaviré !

» Je pus me mettre debout, pourtant, et m'aperçus que le parquet s'enfonçait sous mes pieds, comme un ascenseur qui descend !

» Le *Thames* sombrait.

» Il s'enfonçait en zigzaguant, avec des mouvements onduleux, exécutant des glissades latérales, se redressant, piquant du nez...

» Autour de moi, j'entendais des chocs sourds qui faisaient vibrer les tôles ; je percevais des gargouillements formidables...

» J'avais repris tout mon sang-froid. Quand on a envisagé les travaux forcés à vie, l'on peut envisager la mort !

» Comprenant que, si je restais dans la chambre forte, j'allais y périr lentement d'asphyxie ou de noyade, je voulus en ouvrir la porte, pour essayer d'en sortir, de revenir à la surface. Mais j'en restai là. Je réalisai que, déjà, c'était impossible. La chambre du commissaire, son bureau, la coursive, que je devrais traverser avant d'atteindre le pont, étaient déjà pleins d'eau. Impossible de passer.

» La sueur perla le long de mon échine...

» Le navire continuait sa descente. À chacune de ses oscillations, les boîtes de pierreries, les écrins, glissaient sur le parquet et allaient frapper les cloisons... Mais j'avais oublié leur existence !

» Ma torche électrique, que j'avais lâchée, ne s'était pas éteinte. Je la ramassai et m'approchai du hublot.

» Je pus voir passer devant moi des stries d'écume livide, des ombres... Je me rendis compte, sans aucune erreur possible, que le paquebot continuait sa descente vers le gouffre.

» J'étais bien perdu. Aucune puissance ne pouvait me sauver. Et pourtant, je suis ici !...

» Je suis un homme pratique... Oui, pratique, quand je ne bois pas... Je n'avais pas bu, cette nuit-là ! Ayant donc compris que j'étais perdu, bien perdu, je m'assis, ou, plutôt, je me couchai sur le plancher qui oscillait sous moi...

» Les grondements continuaient. D'un moment à l'autre, les parois d'acier de la chambre forte allaient se disjoindre, éclater sous la formidable pression qu'elles supportaient. Et c'en serait fini de moi.

» J'éteignis ma torche électrique ; je la mis dans ma poche et j'attendis...

» Malgré moi, je fixai le hublot, en face duquel j'étais étendu.

» J'y voyais passer, par moments, des phosphorescences étranges, des bouillonnements...

» J'entendais des éclatements caverneux : les différentes parties du navire, sous l'effroyable pression de l'eau, se disjoignaient les unes après les autres...

» Je devais être le seul survivant, moi, le voleur, le cambrioleur... Hein ?... Et quelle agonie atroce allait être la mienne ! Si j'avais eu un revolver, seulement ! Ah ! J'enviais les autres, ceux qui étaient morts.

» Par moments, quand l'épave oscillait plus fortement, je sentais contre moi le choc des petites boîtes cachetées contenant rubis et opales. Dérision ! Cette fortune immense, quand allait venir le *moment*, ne prolongerait pas mon existence d'un seul centième de seconde ! Et c'était pour la voler que je m'étais embarqué sur le Thames !

» Je ressentis une secousse très douce, presque imperceptible, et l'épave ne bougea plus. Elle avait atteint le fond de la mer, où elle resterait jusqu'à la consommation des siècles !

» Le parquet de la chambre forte, maintenant, était à peu près horizontal. Je me mis debout. Je ressentais un léger mal de tête, mais c'était tout.

» J'allumai ma torche électrique. Les tôles de la chambre forte, il me sembla, s'étaient légèrement gondolées, mais avaient tenu bon. Je ne risquais pas, pour l'instant, de périr par la noyade. Mais il y avait l'asphyxie...

» J'éteignis ma torche. Je voulais en épargner le courant. Mourir dans l'obscurité me répugnait.

» Je vous prie de croire que j'étais très lucide, au point que, machinalement, j'essayai de calculer la profondeur à laquelle j'étais, en tenant compte du gondolement des tôles, de leur épaisseur et de la résistance de l'acier... Un calcul tout à fait imprécis, attendu que j'ignorais l'épaisseur exacte des tôles et leur degré de résistance au centimètre carré... « Je ferais mieux d'essayer de dormir », pensais-je.

» Je fis un mouvement pour m'étendre sur le parquet, me retournai et me trouvai en face du hublot.

» La surprise me figea. À travers l'épaisse vitre barrée de sa croix d'acier, je distinguai une lueur d'un rouge brun, du rouge d'un fer chaud. Infrarouge, enfin. Je crus, sur le moment, à quelque phénomène de phosphorescence. Mais j'aperçus des ombres qui se mouvaient ! Des poissons sans doute ?... Je regardai, intéressé et épouvanté à la fois, à la pensée que ces poissons, quels qu'ils fussent, étaient destinés à se repaître de mon corps quand les tôles de la chambre forte auraient cédé...

» Je regardai... Il me parut que les ombres, dont les contours étaient imprécis, changeaient lentement de couleur, passant du vert sombre au rouge brun, puis au noir, et disparaissaient.

» Mes yeux s'accoutumaient progressivement à ces demi-ténèbres.

» Je discernai, peu à peu, d'étranges édifices cylindriques, hérissés de pointes, d'ergots, grands comme des faux, et entre lesquels des entonnoirs horizontaux étaient percés. Au-dessus de ces cylindres, de gigantesques herses profilaient leur ombre d'un vert noir.

» Je me crus victime d'une illusion. Ce que je voyais, c'étaient des algues, sans doute, des coraux. Je regardai mieux. Je m'efforçai d'être calme, objectif.

» Non ! Ce n'étaient pas des coraux, ce n'étaient pas des algues ! C'étaient bien des édifices artificiels, construits par des êtres doués de raison. Les cylindres, les herses avaient des proportions régulières ; les entonnoirs étaient percés de façon à former des quinconces. Les herses décrivaient, par rapport les unes aux autres, des angles qui devaient mesurer exactement, je l'aurais juré, quarante-cinq degrés...

» Mes doutes, si j'en avais eu encore, se seraient évanouis, car je vis passer, entre les cylindres, entre les tours, pourrais-je dire, des carcasses oblongues, terminées en fuseaux, et sur lesquelles étaient posés d'étranges engins rappelant assez de gigantesques accordéons garnis de roues dentées ! Vous m'avez entendu ? *Des roues dentées !* Autour de ces machines, des êtres extraordinaires grouillaient...

» Des *êtres*... Hauts de trois mètres... peut-être moins... Le verre du hublot était peut-être gondolé par l'effroyable pression qu'il subissait...

» Ces *êtres* se composaient d'un bulbe blanchâtre strié verticalement de vert sombre, et autour duquel trois rangées d'yeux ronds, couleur rouge cerise, étaient disposées.

» Sous ce bulbe, qui pouvait être haut de cinquante centimètres et mesurer quarante centimètres de diamètre, se mouvaient des tentacules, au nombre de sept – je les ai comptés – assez semblables à ceux des poulpes, *mais de longueur inégale*. Plusieurs de ces tentacules, trois exactement, *étaient terminés par des ergots aigus* qui me parurent être en métal.

» La tête – je veux dire l'étrange bulbe – des *êtres* était enserrée, au-dessus des trois rangées d'yeux, *d'un cercle de métal*. Et, au sommet du bulbe, un jet blanchâtre, irrégulier, jaillissait, tantôt épais, tantôt presque imperceptible.

» Les *êtres* entouraient un des engins-accordéons dont je vous ai parlé et semblaient le pousser ou le traîner...

» Derrière eux, d'autres êtres semblables, mais plus petits, *et qui ne possédaient qu'une rangée d'yeux*, avançaient. Leur bulbe n'était couronné d'aucun jet, ni orné du collier de métal. Ils n'avaient pas d'ergots au bout de leurs tentacules. Des esclaves, des ouvriers sans doute, j'emploie ce nom dans le sens que lui donnent les entomologistes en parlant des ouvrières abeilles ou fourmis.

» Je ne sais pourquoi ; ce fut plus fort que moi : je saisis ma torche électrique, d'un mouvement spontané, irréfléchi, inconscient pour ainsi dire, la haussai à la hauteur du hublot, et pressai sur le commutateur.

» Tout aussitôt, je vis un des *êtres* groupés autour de l'engin-accordéon s'approcher du hublot, cependant que le jet jailli de son bulbe *grossissait considérablement*.

» L'*être* se colla pour ainsi dire au verre du hublot. Je vis ses innombrables yeux rouges, les stries vert-noir de son bulbe. Un être hideux, mais un être doué d'intelligence ! Les trois rangées d'yeux rouges brillaient comme du métal en fusion. Les stries du bulbe semblaient s'animer, tourbillonner.

» J'avais, moi, mon plus parfait sang-froid, messieurs ! Je pensais à ma peau. Ces êtres, quels qu'ils fussent, pouvaient – peut-être – me sauver ! Quelqu'un qui se sait condamné à mort ne rejette aucun espoir, même le plus fou.

» J'agitai ma torche électrique. Je vis les stries du bulbe de l'*être* s'entrelacer, s'écarter, sinuer... Sans doute essayait-il de me faire comprendre quelque chose ?

» Il s'écarta. Plusieurs des petits êtres qui suivaient l'engin-accordéon s'approchèrent du hublot, entrelacèrent leurs tentacules et produisirent une lueur rouge, intense, qui éclaira presque la chambre forte.

» Ce n'était pas cela que je voulais ! C'était sortir ! Revenir à la surface !

» Je me contorsionnai ! Je ne sais plus ce que je fis ! J'essayai de me faire comprendre de ces êtres qui n'avaient rien de commun avec moi, qui devaient ignorer les hommes comme les hommes les ignoraient, qui ignoraient ce que c'était que l'atmosphère, la lumière du soleil... Des êtres aussi dissemblables de nous que peuvent être les habitants de la planète Mars, s'il y en a !

» ... L'air commençait à me manquer... La température de la chambre forte s'était considérablement abaissée : une véritable glacière. Je grelottais de froid autant que d'angoisse.

» Lorsque l'épave du paquebot s'était arrêtée au fond de la mer, j'avais fait le sacrifice de ma vie. Et voilà qu'un espoir nouveau me faisait reprendre courage... Il m'était dur de me résigner une seconde fois au grand voyage !...

» J'appelai toute ma raison, toute ma science à moi... Je tentai l'impossible.

» Je m'approchai du hublot, presque à le toucher, j'ouvris la bouche et exagérai mon halètement, pour essayer de leur faire comprendre que j'étouffais. Mais *ils* devaient sans doute ignorer tout de notre physiologie !

» Plusieurs d'entre eux s'étaient groupés autour du hublot et regardaient. J'observai que, par moments, leurs yeux changeaient de couleur et *passaient du rouge sombre au rouge ardent.*

» Que comprirent-ils ? Qui le saura ?

» Ils s'écartèrent soudain. Et je vis s'approcher, sans que je pusse deviner qui la mouvait, une sorte de cage qui avait grossièrement la forme d'un fuseau vertical. Au centre de ce fuseau, deux cônes aux sommets opposés dardaient un double rayon rouge qui se réverbérait sur les barreaux de la cage, barreaux qui semblaient être faits de jais.

» Le double rayon écarlate augmentait rapidement d'intensité. Il devint bientôt assez fort pour illuminer la chambre forte, qui fut entièrement baignée de ses rayons.

» ... De la lumière ! Ce n'était pas cela qui me manquait ! C'était de l'air ! J'étouffais... Combien de minutes s'étaient écoulées depuis que le *Thames* avait sombré ? Combien d'heures ? J'étais tellement intéressé par ce que je voyais que j'avais perdu la notion du temps...

» Mais mes poumons, eux, réclamaient de l'air...

» Je me rendis compte, peu à peu, que le froid qui me glaçait diminuait. L'étrange fuseau ne rayonnait pas seulement de la lumière, mais de la chaleur ; je me sentis mieux. Je cessai de grelotter.

» Je pus voir disparaître, les unes après les autres, les gouttelettes de condensation qui s'étaient formées contre les tôles. Mais j'entendis deux ou trois craquements sourds, qui m'avertirent que les parois de la chambre forte commençaient – comme moi – à donner des signes de fatigue... Je me remis à trembler en pensant à la mort qui me guettait ! Mourir était maintenant pour moi mourir deux fois ! Après ce que je venais de voir, ce que je voyais, je voulais vivre, pour faire connaître au monde mon extraordinaire découverte !

» Mais je comprenais que mon salut était impossible...

» Que je restasse dans la chambre forte, je périssais asphyxié, en admettant que ses parois résistassent. Si j'en sortais, c'était l'écrasement, la noyade.

» Je me contorsionnai éperdument, convulsivement, frénétiquement. De l'air ! Il me fallait de l'air ! Je montrai ma gorge... Je fis mine d'étouffer...

» Les *êtres* regardaient. Le changement de couleur de leurs trois rangées d'yeux, l'agitation des stries de leur bulbe me révélaient qu'ils pensaient, qu'ils raisonnaient. Peut-être étaient-ils émus ?... Sans doute avaient-ils vu d'autres hommes, mais morts !... Un extraordinaire hasard avait voulu que je fusse vivant ! Le dieu des cambrioleurs, peut-être...

Philippe Raquier eut un ricanement cynique. Sa voix s'affaiblissait. Mais ceux qui l'écoutaient étaient tellement intéressés qu'ils ne pensaient pas à lui conseiller de se reposer.

Il fit une pause de quelques secondes. Son cœur s'était calmé ; il parla de nouveau, d'un ton à peine perceptible :

– Les *êtres* s'écartèrent. Je crus qu'ils m'avaient abandonné. J'en vis passer d'autres, des petits, ceux que j'appelais des « esclaves ». Ils poussaient devant eux, posés sur des hémisphères qui glissaient avec rapidité, toutes sortes d'objets *en qui je reconnus des débris du « Thames »* : bossoirs tordus, cornières, plaques de chaudières, etc.

» Une intuition me traversa l'esprit : *si c'étaient ces êtres qui avaient provoqué le naufrage du paquebot, pour s'emparer de ses dépouilles ?*

» J'entendis, peu après, un grincement qui me fit frémir : je me demandai si ce n'étaient pas les tôles de la chambre forte qui cédaient. Il me sembla sentir une odeur de soufre... Et, soudain, je respirai mieux. Ma tête me sembla plus légère. J'éprouvai un sentiment de réconfort et de soulagement.

» J'essayai de comprendre. J'analysai mes sensations. Et je compris ! Oui. Je compris ! Les êtres m'envoyaient de l'oxygène, de l'oxygène pur !

» Je les vis qui s'étaient, de nouveau, approchés du hublot, et qui m'observaient. Moi, je haletais. Je respirais avec frénésie. Une surexcitation étrange me gagnait... J'étais comme ivre !

» Je crois qu'à ce moment je tins des propos incohérents. J'interpellai les *êtres*... Les effets de l'oxygène ! D'un violent effort, je parvins à me calmer un peu.

» Je respirais. C'était un résultat. Mais les tôles de la chambre forte, je le voyais sans pouvoir me leurrer, se gondolaient de plus en plus ; d'un moment à l'autre, elles allaient céder.

» Je ne sais pourquoi, une rage stupide me prit : je ramassai plusieurs des boîtes contenant opales et rubis et, de toutes mes forces, les lançai contre les parois, où elles se fracassèrent. Le parquet, en un instant, fut jonché de pierreries qui scintillèrent à la clarté écarlate du double rayon émis par la cage en forme de fuseau.

» Je pus constater que les *êtres* ne manifestaient aucune émotion, aucun sentiment, à la vue de ces richesses humaines.

» Mon cœur battait de plus en plus vite. Il me semblait que mes artères bouillonnaient. Une soif dévorante desséchait, brûlait mon palais. Ma langue, peu à peu, devenait dure...

» Je compris que c'était la fin.

» Comme un imbécile, je recommençai à gesticuler : je voulais sortir, remonter à la surface, revoir le soleil, vivre, vivre une heure seulement s'il le fallait... Mais revoir la lumière blanche, la vraie lumière, celle du jour : la lumière des hommes !

» Immobiles, les *êtres* continuaient à m'observer. Le jet de vapeur montait, tout droit, de leurs bulbes, et, derrière eux, je distinguais des fourmillements confus, que je n'avais plus assez de sang-froid pour analyser.

» Je haletais, comme un chien, ma langue sèche et dure dardée hors de ma bouche.

» La température, dans la chambre forte, était toujours aussi douce, tiède. Mais, de nouveau, l'eau suintait à travers les tôles.

» Alors, brusquement, je me résignai ! Vous comprenez ? J'acceptai l'inéluctable !

» Je regardai une dernière fois les êtres étranges qui n'avaient pu que prolonger mon agonie, puis je m'étendis sur le parquet d'acier que je sentis humide sous moi.

» L'acide carbonique qui, plus lourd que l'oxygène, stagnait à la partie inférieure de la cabine, me suffoqua. Il me sembla entendre des chocs, des grincements... Je crus que l'on me secouait.

» ... Et, plus rien. Je perdis connaissance !

Philippe Raquier s'interrompit. Le capitaine Mercier et Jacques Michel, bien que penchés sur lui, avaient à peine entendu la fin de son récit.

Croyant que le naufragé voulait reprendre des forces avant de terminer, ils attendirent :

– Et après ? demanda Mercier, après qu'une longue minute se fut écoulée.

– Comment, après ? murmura l'ingénieur, en le regardant. Après, monsieur, je ne sais plus rien !... Oui... D'après ce que vous m'avez dit, j'ai, sans doute, été enfermé dans cette boule où vous m'avez recueilli... Les êtres du gouffre ont eu pitié de moi et m'ont renvoyé à la surface... Donnez-moi à boire, je vous prie !

La bouteille de tafia était vide. Mercier regarda l'homme, puis, se tournant vers le second capitaine, il l'envoya chercher un autre flacon.

– Buvez, et essayez de dormir ! dit-il en tendant à Raquier un verre qu'il avait empli à demi.

Le naufragé but sans mot dire. Il assura sa tête sur l'oreiller et ferma les yeux.

Mercier fit signe à son second de le suivre et sortit avec lui sur la dunette.

– Qu'est-ce que vous en pensez ? questionna-t-il après avoir doucement refermé la porte. Un fumiste ou un fou, hein ?

– Mais qui l'aurait enfermé dans cette sphère, qui n'était pas en métal, puisqu'il a suffi de quelques balles pour la fracasser ? objecta Jacques Michel.

– Nous verrons cela ! Demain, lorsqu'il sera reposé, nous l'interrogerons soigneusement, de façon à nous rendre compte de la vérité ! Venez dîner ! Il est plus de huit heures, mon cher, et le pauvre Mauris doit commencer à trouver le temps long sur la passerelle !

* *
*

Le lendemain matin, le capitaine Mercier se rendit auprès du naufragé et constata qu'il était mort.

Ses haillons ne contenaient aucun papier d'identité. Il fut cousu dans un linceul de toile à voiles et immergé dans la matinée.

Le soir même, l'*Ariadne* mouilla en rade de Djibouti, où le capitaine Mercier déposa aussitôt son rapport de mer dans lequel il relatait comment il avait recueilli l'extraordinaire naufragé.

Il apprit que le *Thames*, courrier d'Australie, existait réellement, et était attendu vainement à Aden depuis quatre jours.

L'*Ariadne* repartit de Djibouti le jour suivant.

Une semaine plus tard, le canal de Suez traversé, elle arriva à Port-Saïd, où le capitaine Mercier connut que le *Thames* avait sombré dans les parages du cap Guardafui, sans qu'on en connût la cause.

Des pêcheurs arabes, qui avaient recueilli en mer et ramené à Aden quelques épaves provenant de l'infortuné paquebot, assurèrent qu'au moment présumé du sinistre, le temps était particulièrement beau dans les parages de Guardafui...

Deux autres navires, l'*Ophir*, de Londres, et le *Général-Errazuriz*, de Callao, qui naviguaient, pendant la nuit du naufrage du *Thames*, au large de Guardafui, confirmèrent ces déclarations.

Arrivé à Nantes, le capitaine Mercier, que le récit de Philippe Raquier avait fort impressionné, se renseigna et apprit facilement que le *Thames* avait embarqué à Melbourne, lors de son suprême voyage, *une importante quantité de rubis et d'opales*.

Philippe Raquier n'avait pas menti...

Existe-t-il donc au fond de la mer des êtres qui nous connaissent, et que nous ne connaissons pas, des êtres doués d'une civilisation avancée – et qui, peut-être, provoquent les naufrages de nos navires, pour s'approprier certains objets ?

Un fait est certain, c'est qu'au large du cap Guardafui, plus de cent navires se perdent chaque année : le *Ghodoc*, le *Renard*, l'*Amiral-Gueydon* y ont fini leur carrière – et bien d'autres...

Les courants ont été incriminés. Mais sont-ils les seuls coupables ?